ODE

SUR LES

EMBELLISSEMENTS

DE CHALONS-

SUR-MARNE,

SUIVIE

D'UN ÉLOGE

HISTORIQUE

DE CETTE VILLE.

Par Mr BUIRETTE DE VERRIERES,
Bâchelier en Droit.

À CHÂLONS-SUR-MARNE,

Chez { BOUCHARD, Imprimeur du Roi,
de la Ville & du College.
BRIQUET, Libraire, au Marché.

M. DCC. LXXIII.
AVEC PERMISSION.

ODE

SUR LES

EMBELLISSEMENTS

DE LA VILLE

DE CHÂLONS-SUR-MARNE.

I.

J'OSE t'adreſſer mon hommage,
O CHÂLONS, aimable Cité ;
Daigne écouter l'humble langage
Que m'inſpire la vérité.
Chez toi tout ſéduit , tout enchante,
Ciel pur, ſociété riante,

A iij

Efprit, bon vin, fexe charmant:
Quand tu dois tant à la nature,
Pourquoi faut-il que ta ftructure
Démente un tableau fi brillant?

I I.

D'ORFEUIL vient : fon œil avec peine
Regarde ces triftes remparts ;
Il parle : à fa voix fouveraine
Soudain accourent les beaux Arts :
» Hâtez-vous d'orner cette Ville
» Par un travail prompt & facile,
» Que le bon goût fache ennoblir;
» Allez : de ces maifons fans ordre
» Changez le gothique défordre,
» Et détruifez pour embellir.

I I I.

Tel que dans la Grece fuperbe,
Amphion par fes doux accords,

Le luth en main bâtiſſoit Thebe
Au gré de ſes divins tranſports :
Attentive à ſon harmonie,
La nature de ſon génie
Suivoit les magiques élans ;
Tout cédoit : les pierres émues,
S'élévant en murs dans les nues
Devenoient des Palais brillants.

V I.

Ainſi tout s'embellit, tout change,
D'ORFEUIL, à ta puiſſante voix :
Avec ordre ainſi tout ſe range,
Et des arts vainqueurs ſuit les loix ;
A leur gré tout devient facile,
La pierre ſemble plus docile,
Chaque jour leur zele eſt nouveau :
Ils ſemblent puiſer dans ton ame
Le noble feu qui les enflame ;
Ton regard conduit leur ciſeau.

A iv

V.

Digne essai de leur main savante,
Bien-tôt s'éleva ce Palais, (a)
Dont l'architecture élégante
Sait dérober l'art sous ses traits.
C'est la noble & simple nature,
Qui de son exacte structure,
Traça les desseins précieux;
Tout semble être mis à sa place,
Par-tout régulier avec grace
Sans les surprendre il plaît aux yeux.

V I.

De la plus heureuse Patrie,

(a) *L'Hôtel de l'Intendance.* Cet Édifice a été exécuté sur les plans & sous les yeux de feu M. Le Gendre, si connu par ses talents, alors Ingénieur en chef de la Champagne, & depuis Inspecteur Général des Ponts & Chaussées du Royaume. Le Sr. Menil a été l'Entrepreneur de l'ouvrage.

O vous Citoyens fortunés,

Que sur cette Porte chérie (*a*)

Vos yeux à jamais soient tournés;

Monument sacré de tendresse,

Là, d'âge en âge la jeunesse

Lira ce qu'ont fait ses ayeux,

Lorsque, doux espoir de la France,

ANTOINETTE, votre présence

Mettoit le comble à tous leurs vœux.

VII.

Plus loin, sublime Melpomene,

S'offre ton magique Palais, (*b*)

(*a*) *La Porte Dauphine.* Le plan en est dû à Mr. Coluel, actuellement Ingénieur de la Province. Le Sr Prevôt a été l'Entrepreneur, & le Sr Pelletier Inspecteur de l'ouvrage.

(*b*) *La Salle de la Comédie.* Le plan de cette Salle heureusement saisi & habillement exécuté, est encore le fruit du goût & des talents de M. Coluel. Le Sr Poterlet en a suivi l'exécution.

Là fur une pompeufe fcene
J'admire de brillants eſſais ,
Soit que l'Acteur me faſſe entendre
Ce que le cœur a de plus tendre
Et ce que l'ame à de plus grand ;
Ou quand de l'humaine folie ,
Couvert du maſque de Thalie ,
Il peint les travers en riant.

V I I I.

Mais , que vois-je … Sur cette rive ,
Quel ſpectacle frappe mes yeux !
Mille bras d'une ardeur active
Élevent un Quai (*a*) ſpacieux ;
Déjà la Marne glorieuſe ,
Promenant fon onde écumeuſe ,

(*a*) Les Quais ne font pas encore commen-
cés , mais ils font partie du plan de l'embellif-
fement de la Ville.

Roule avec plus de majefté;
Formant des circuits agréables,
Son cours entre ces murs aimables
Par le plaifir femble arrêté.

I X.

Bords charmants, fertiles rivages,
Ornez-vous des plus belles fleurs !
Nature, émaille ces bocages
Des plus éclatantes couleurs !
Ces vergers que la fymmétrie
En diverfes formes varie,
Du *Jard* (a) font un Tempé nouveau;

---

(1) La promenade du Jard eft une des plus belles par fa fituation & fa régularité. C'eft une grande prairie baignée par la Marne, & décorée de plufieurs allées d'ormes nouvellement plantés.

On voit encore avec plaifir la promenade du *Cours d'Ormeffon*, ainfi que celle qui établit

Croiſſez, croiſſez tendres feuillages;
Pour préparer d'épais ombrages,
Arrondiſſez-vous en berceau.

X.

Chaque jour du ſein de la Ville
Sortent de nouveaux bâtiments,
Le goût & l'élégance utile
En forment ſeuls les ornements :
Là, des arts, enfants d'Uranie,
Sans ceſſe l'ardeur, le génie
Brillent par des ſuccès heureux;
Jaloux d'emporter les ſuffrages,
Ils font céder tous les ouvrages
A leurs efforts victorieux.

X I.

Il eſt temps : ſenſible à ta gloire,

---

la communication de la Porte Dauphine à la
Porte ſaint Jean.

Apollon , fixe ici ta Cour,

Viens & d'un temple de mémoire

Embellis enfin ce féjour ;

Soutiens par ta vertu puiffante

Cette Société (*a*) favante,

Qui de tes dons connoît le prix ;

Et témoin du feu qui l'anime ,

Orne-la du titre fublime

Qui diftingue tes favoris.

X I I.

Deion augufte Sanctuaire (*b*)

Themis admire les progrès ,

Bien-tôt dans un fiege précaire

(*a*) Il y a dans cette Ville une Société littéraire , qui follicite des Lettres-patentes pour l'étabLliffement d'une Académie.

(*b*) *L'Hôtel de Ville.* M. Durand a fait le plan & la diftribution de cet Édifice. Les Sieurs Guyot font les Entrepreneurs de l'ouvrage.

Ne ſe rendront plus ſes arrêts;
Cette Déeſſe redoutable,
Bien-tôt ſur un trône immuable
Recevra les vœux des mortels;
Son glaive, effroi de l'inſolence,
Et ſon inflexible balance
Repoſeront ſur ſes autels.

X I I I.

Venez, familles éplorées
Qu'opprime un lâche uſurpateur;
Accourez, victimes livrées
Aux traits d'un perfide impoſteur:
A ces Magiſtrats équitables,
Peignez vos malheurs déplorables,
Ils ſont les miniſtres des loix;
Du peuple ils ſont auſſi les peres,
Parlez : leurs jugements ſéveres
Vous rétabliront dans vos droits.

X I V.

Leve ta tête triomphante,
O Marne ! quitte tes roſeaux ;
Sors, vois quelle gloire brillante
Te donnent ces Juges nouveaux ;
Coule déſormais immortelle,
Avec une force nouvelle
Agite tes flots nourriciers :
Qu'ils nous apportent l'abondance,
Et l'induſtrie & l'opulence,
Qu'abſorboit Paris tout entiers.

X V.

De ce nouvel Aréopage,
O Vous, le chef & l'ornement,
Achevez le pénible ouvrage
De cet utile changement.
Si, ſous un double caractere,
La Province en vous trouve un Pere,
Un Sage, un zélé Protecteur,

Que cette Ville rétablie,

Par vos ſoins enfin embellie

Y trouve un nouveau Fondateur.

X V I.

Daignez d'un regard favorable

Animer toujours les beaux arts ;

Par leur ardeur infatigable,

CHÂLONS croîtra de toutes parts :

Bien-tôt par leur travail habile,

De ſes ruines cette Ville

Sortira pleine de renom,

Et monument de votre gloire ;

Elle rendra votre mémoire

Immortelle comme ſon nom.

X V I I.

Ainſi Rome changea de face

Sous le ſecond de ſes (a) Céſars;

(a) Auguſte diſoit qu'il avoit trouvé Rome

Quand, d'une main domptant le dace,

De l'autre il careffoit les arts ;

Mille fuperbes édifices,

Élevés par fes foins propices ,

O ROME, annonçoient ta grandeur;

Dans cette illuftre Capitale

Cent Nations, de leur Rivale

Adoroient le deftin vainqueur.

---

bâtie en brique, & qu'il la laiffoit bâtie en
marbre, faifant allufion tant à la majefté & à
la folidité qu'il avoit donnée à l'Empire, qu'à
la beauté & à l'élégance des édifices publics &
particuliers, dont la Ville avoit été décorée
fous fon regne.

B

ÉLOGE

HISTORIQUE

DE LA VILLE

DE CHÂLONS-SUR-MARNE.

Vincit amor Patriæ.

CHÂLONS peut paſſer pour
l'une des Villes du Royaume
les plus agréables, tant par ſa

B ij

situation avantageuse au centre de la Champagne, & au milieu de deux belles prairies arrofées par la Marne, qui vient baigner fes murailles, que par fes belles promenades, fur-tout celle du Jard qui vient d'être diftribuée dans un goût nouveau, & par les fuperbes routes qu'on y voit aboutir de tous côtés.

La douceur & la politeffe de fes Habitants, leur caractere liant & facile, la vivacité naturelle de leur efprit, excitée peut-être & entretenue par la mouffe pétillante des excellents * vins qui croiſſent aux environs, rendent leur ſociété charmante & les font chérir des Etrangers.

N'essayons point de lever les ſombres voiles, dont la nuit du temps a couvert le berceau de la ville de Châlons, l'époque de ſon origine, le nom de ſon fondateur & l'é-

---

* *Cloris, Æglé me verſent de leur main,*
D'un vin d'Aï, dont la mouſſe preſſée
De la bouteille avec force élancée,
Comme un éclair, fait voler ſon bouchon.
Il part, on rit, il frappe le plafond;
De ce vin frais l'écume pétillante
De nos François eſt l'image brillante.
                              Voltaire.

timologie (*a*) de celui qu'elle
porte aujourd'hui : sans avoir
recours à ces augustes chime-
res, dont les Villes & les Peuples s'efforcent de décorer leurs
foibles commencements, il est
certain que c'étoit une Ville
déjà considérable long-temps
avant la naissance de la Monarchie ; qu'elle a eu des Evêques (*b*) dès les premiers âges

----

(*a*) Quelques-uns conjecturent qu'elle
a pris son nom des *Champs longs*, ou
des grandes plaines dont elle est en-
tourée.

(*b*) Saint Memmie, son premier Évêque, envoyé immédiatement de Rome,
les uns disent par saint Pierre lui-même,

de l'Eglife ; que fous le regne
de Conftantin, lors de la di-
vifion des Gaules, elle fut ran-
gée dans la feconde Belgique,
& foumife à la Métropole de
Reims ; que fous Julien l'A-
poftat, elle étoit confidérée
comme l'une des principales
de cette partie des Gaules.

Cette Ville commence à peine à fortir des ombres qui la
déroboient, à nos recherches,
& déjà elle touche au mo-
ment de fa ruine.

---

d'autres par faint Clément, mourut fe-
lon la Légende de Châlons, l'an 126.

Vers le milieu du cinquieme ſiecle, un de ces hommes de ſang, un de ces génies deſtructeurs, que le Ciel irrité lance quelquefois ſur notre globe, pour y ſemer l'épouvante & la déſolation, Attila, ce prodige de férocité & de talents guerriers, après avoir dévaſté les plus fertiles contrées de l'Europe, porte le fer & le feu dans la Champagne. Châlons tremble aux approches de ce fier Conquérant : encore un pas & il n'étoit plus. Ce que peut la vertu ſur les cœurs même les plus barbares ! La poſtérité la

plus

plus reculée se souviendra avec attendrissement , que l'un des plus saints Prélats * dont cette ville se glorifie, animé d'un zele héroïque, osa s'offrir à ce rapide Vainqueur ; il lui parle avec cette éloquence persuasive à laquelle il est si difficile de résister , le désarme , l'éloigne de ses murs , & goûte le délicieux plaisir de sauver son peuple d'une perte qui paroissoit inévitable.

C'est alors que Châlons, délivré de ce fléau , vit du

---

* Saint Alpin de Bethune.

C

haut de ses murs cette épou-
vantable mêlée entre les Huns
& les Romains, connue sous
450. le nom de *Bataille d'Attila,*
bataille dont l'opinion la plus
commune place le sanglant
théatre, non dans la Sologne,
l'Auvergne, le Touloufain,
ou les champs Troyens, mais
dans les vaſtes plaines où cette
ville se trouve situee (*a*).

Nous cherchons en vain des

_____

(*a*) On voit encore à deux ou trois
lieues de Châlons, entre les villages
de la Cheppe & de Cuperly, des reſ-
tes d'anciens retranchements, auxquels
des titres donnent le nom de *Camp
d'Attila.*

faits certains & intéreffants dans
cette fuite de fiecles qui fe font
écoulés fous la premiere dynaf-
tie de nos Rois : temps obfcurs
& barbares , où les matériaux
manquent, & où l'on ne peut,
pour ainfi dire , faire que des
conjectures d'après des monuments difficiles à expliquer.

Il faut fe tranfporter au commencement du neuvieme fiecle , pour voir Châlons repa-
roître fur la fcene avec quelqu'éclat : c'eft alors qu'il
mérita de fervir de fiege à un
Concile que Charlemagne fit
affembler en Champagne.

Qu'on ſe rappelle la triſte décadence où tomba la Monarchie ſous les enfants de cet Empereur. Incapables de tenir les rênes de ſon vaſte Empire, leurs mains foibles & tremblantes laiſſerent échapper les villes & les provinces les plus conſidérables. Le gouvernement féodal commença ; on ne vit plus qu'une multitude de petits Souverains qui diviſoient la Monarchie. Les Seïgneurs les plus puiſſants faiſoient battre monnoie : chacun · s'arrogeoit le droit de guerre ; une ville s'armoit contre une

ville, une châtellenie contre
une châtellenie : l'efprit d'indé-
pendance étoit général. L'œil
fe perd dans ce chaos de dé-
membrements & d'anarchie
univerfelle.

C'eſt dans ces temps de foi-
bleſſe & de trouble que Châlons fe forme un état indépen-
dant (*a*), fous le gouverne-

(*a*) Il eſt conſtant que dès l'an 963,
Châlons n'étoit fous la puiſſance d'aucun des Grands du Royaume, & ne
faiſoit point partie du Comté de Champagne. Il ne dépendoit que du Roi. Son
Évêque étoit, comme il l'eſt encore
aujourd'hui, fon feul Comte, & en
cette qualité, il battoit monnoie qu'on

ment de ses Evêques & Com-
tes, depuis Pairs de France,
investis du titre de grands
Vassaux de la Couronne, ainsi
que le Comte de Champagne
qui, loin d'avoir sur eux au-
cune espece de souveraineté,
étoit forcé lui-même de leur
faire hommage d'une partie de
ses domaines, & n'avoit le pas
qu'après eux au sacre de nos
Rois.

Il seroit inutile d'offrir ici
un long catalogue de petites

appelloit *livre Champenoise*, qui avoit
encore cours dans le 13e. siecle, & qui
valoit alors seize sols.

guerres toujours renaiſſantes,
entre cette ville & les villes
voiſines jalouſes de ſa grandeur ; de combats quelquefois
ſanglants, jamais déciſifs, &
toujours renouvellés par l'opi-
niâtreté des vaincus ; d'hoſti-
lités & de querelles peu impor-
tantes, qui ne ſe vuidoient jamais que par le fer ou par la
flamme (*a*) : ce tableau, trop

931
963

(*a*) En 93 1 , Châlons fut pris & brûlé
par les troupes de Raoul , Roi de France , qui vouloit punir Bovon , Evêque
de cette ville , & beau-frere du Roi
Charles le Simple , d'avoir embraſſé le
parti d'Herbert , Comte de Champagne.

En 963 , cette ville éprouva le même

C iv

peu varié pour être intéressant,
n'offriroit pendant plusieurs
siecles que les mêmes objets.
Tel étoit alors l'état de la
France entiere livrée aux horreurs de l'anarchie, en proie

---

fort de la part de Robert, Comte de
Champagne, parce que son Evêque
Gibuin, successeur de Bovon, avoit
concouru à la déposition de Hugues,
Archevêque de Reims, frere de ce Comte qui, par un attentat jusqu'alors inoui
dans l'Eglise, avoit été élevé sur ce
Siege à l'âge de cinq ans. Une tour très-
forte qui faisoit la principale défense
de la ville, fut réduite en cendres. Le
généreux Prélat donna tous ses soins à
réparer les maux que son peuple avoit
souffert par cet incendie.

à l'ambition des vaſſaux. On
ſe contentera de rappeller la
mémoire de ces Vidames (*a*),
ſi fameux par les prodiges de
leur valeur. Un MILES , fils
d'Euſtache dit le Jeune : un 1269.
HUGUES (*b*), 3e. du nom ; 1302.

(*a*) Les fonctions de ces Vidames
étoient de conduire à l'armée les vaſſaux de l'Evêque , de les commander
dans les batailles , enfin ils tenoient la
place de l'Evêque pour le temporel.
D'abord ils étoient choiſis par le Roi
de l'agrément de l'Evêque ; depuis ,
leur dignité eſt devenue héréditaire.

(*b*) Son Mauſolée ſur lequel eſt gra-
vée ſa figure , eſt un des plus précieux
monuments de l'antiquité qui ſe voie
à Châlons : il eſt dans l'Egliſe de Touſ-
ſaints.

un HUGUES 4e. & ſes deux fils qui périrent avec lui, les armes à la main, à la bataille de Cour-tray (*a*).

Nous nous hâtons d'arriver à des temps moins éloignés, & de montrer cet attachement inviolable à ſes Souverains, dont Châlons fit toujours ſa plus chere idole ; ſource ſacrée dont il prétend tirer ſa gloire la plus brillante ! Nous allons rapprocher quelques traits frap-pants, dont l'enſemble formera

---

(*b*) Tous ces Guerriers ont été chan-tés par Guyot de Provins. Froiſſart a auſſi célébré leurs exploits.

le tableau fidele de ſes ſentiments patriotiques. Heureuſe
ville, vous n'euſſiez point fixé
mon choix, vous n'euſſiez jamais été l'objet de mon hommage, ſi votre fidélité inébran-
lable à vos Rois ne devoit faire
la plus belle partie de votre
éloge.

C'eſt dans les troubles ci-
vils que cette vertu ſe montre
avec plus d'éclat. Eh, en fut-il
jamais de plus affreux, que
pendant la priſon du malheureux Roi Jean! Il ſembloit
qu'une fureur épidémique ſe
fût emparée de tous les eſprits: 1356.

toutes les horreurs que peuvent produire la guerre nationnale & la difcorde civile, fe trouvoient raffemblées. La France étoit également dévaftée par les Anglois, les Navarrois & les Compagnies. L'héritier préfomptif de la Couronne, Charles, Dauphin & Régent du Royaume, qui fut depuis ce fage Roi Charles V, couroit de ville en ville pour réunir à fon parti, celles que l'efprit de faction n'avoit point corrompues. A peine trouvoit-il dans tout le Royaume une retraite, où fa perfonne fût en sûreté. Il se jette entre les bras des fideles Champenois ; Châlons s'empresse de lui ouvrir ses portes, & lui fait éprouver 1357. quelques moments de sérénité au milieu de tant d'agitations & d'orages. Ce Prince, sensible à un si généreux accueil, composa sa Garde (*a*) des habitants de cette ville, persuadé

_____

(*a*) On prétend que c'est l'époque de l'établissement de la Compagnie des *Arbalétriers*, depuis Arquebusiers de cette Ville, qui, dans tous les temps, a servi nos Rois avec tant de fidélité & de bravoure, qu'elle en a reçu plusieurs fois les marques les plus glorieuses d'estime & de considération.

qu'il n'en pouvoit avoir de plus ſûre, & y convoqua les Etats qu'il étoit obligé de tenir ſur les calamités préſentes.

1360.   Trois ans après, que Pierre Landelée, Capitaine Anglois, fier de quelque ſuccès, entreprenne de s'en rendre maître, qu'il s'y introduiſe à la faveur des ténébres, il verra échouer ſon entrepriſe. Réveillés par le bruit des armes, les habitants ſe levent avec précipitation, criant : *aux larrons Anglois & Navarrois.* Ils ſe raſſemblent, ſoutiennent le choc des ennemis, les repouſſent vigou-

reufement, & leur font trou-
ver la mort dans ces mêmes
murs qu'ils avoient franchi trop
témérairement.

Plus d'un demi-fiecle s'êſt
écoulé, & la France affoiblie
par les plus fatales convulſions
paroît à peine reſpirer. Elle n'a
paru ſe rétablir un inſtant par
la profonde ſageſſe de Charles
V , que pour retomber ſous le
regne ſuivant dans des troubles encore plus déplorables.
Lorſque Charles VII eut pris 1422
le gouvernement , arrivée au
bord du précipice , les plus
puiſſants efforts paroiſſoient à

peine capables de fufpendre fa
fubverfion. Une Nation fiere
devenue infolente par le nombre de fes fuccès, tenoit fous
un joug de fer prefque toute
la Monarchie dévaftée. Dans
cette cruelle extrêmité, Châlons réduit à faire des vœux
pour la Patrie expirante, & à
gémir fur fon aviliffement, af-
piroit au moment heureux de
pouvoir rompre les chaînes de
la tyrannie Angloife, & n'o-
foit l'efpérer. Il y touche ce-
pendant.

Peuple juftement célebre,
par votre attachement à votre

Souverain , ceffez de trembler.
Déjà a paru cette jeune Hé-
roine ✶ deftinée à réparer l'op- ¹⁴²⁸.
probre du nom François : nos
fiers ennemis font arrêtés dans
le cours rapide de leurs prof-
pérités : le Monarque croit voir
la Divinité combattre pour lui.
Il ofe former le projet d'aller
fe faire facrer à Reims. Il s'a-
vance ; Troyes fe foumet. Il
entre triomphant dans cette
ville , où quelques années auparavant s'étoit confommée

✶ *Et vous, brave Amazone,*
La honte des Anglois & le foutien du trône.
VOLTAIRE. Henriade.

D

cette *transaction* (a) odieuse
qui l'excluoit à jamais du trône. Il continue sa marche.
Quelle agréable surprise pour

(a) Il n'est point de cœurs François
qui ne frémisse en se rappellant l'infâ-
me traité que conclurent à Troyes, le
21 Mai 1420, la plus implacable des
marâtres, Isabelle de Baviere & Philippe
le Bon, nouveau Duc de Bourgogne;
traité plus funeste que toutes les guerres précédentes, par lequel on donna
Catherine, fille de Charles VI, Roi de
France, pour épouse à Henri V, Roi
d'Angleterre, avec la France en dot,
en stipulant qu'on poursuivroit sans re-
lâche celui qui se disoit Dauphin de
France. Le Roi d'Angleterre prit dès-
lors le titre de Régent & d'héritier du
Royaume de France.

ce Prince, de rencontrer à quelques lieues de Châlons l'Evêque & les principaux habitants
qui viennent lui préfenter les
clefs de leur ville, & renou-
veller entre fes mains les fer-
ments d'une fidélité que n'a-
voient pu leur faire trahir les
triomphes de nos fuperbes ennemis! Ils reçoivent leur Souverain avec des tranfports de
joie inexprimables. On peut
dire que les jours qu'il paffa
chez eux (*a*), furent les pre-

_____

(*a*) Il y a des Ordonnances de ce
Prince, datées de Châlons.

miers beaux jours de ſon regne ; le premier ſourire , ſi j'oſe
ainſi parler , dont la fortune
parut le favoriſer. Trop heureux de le poſſéder , ils le dé-
frayerent avec toute ſa ſuite ,
juſqu'à ce que la ville de Reims
libre enfin de faire éclater ſes
ſentiments , lui envoyât ſes
clefs , & l'invitât à venir recevoir dans ſes murs l'Onction
royale.

Après de trop longues er-
reurs , les François paroiſſent
revenir de leur aveuglement.
1436. Charles s'avance juſqu'a l'iſle
de France : toutes les villes lui

ouvrent leurs portes & se ran-
gent sous son obéissance. Ce
voyage a plutôt l'air d'une
marche de triomphe, que du
mouvement d'une armée en
pays ennemi. Etonnés d'une
révolution si subite & si peu
prévue, les Anglois se répan-
dent dans toute la Champagne, laissant par-tout des tra-
ces de leur fureur. Châlons ne
devoit pas échapper à leur horrible ressentiment. Ils se pro-
mettent de le faire repentir
de l'accueil qu'il a fait à Charles, de passer la garnison au
fil de l'épée, & d'envoyer les

1429. plus notables au supplice (*a*).
Le siege est formé ; déjà ils

(*a*) C'est ainsi qu'ils traitoient les villes qui se laissoient prendre d'assaut, ou qui, après une trop longue résistance se rendoient à discrétion. Le plus fameux exemple de ce traitement est celui qu'Edouart, Roi d'Angleterre, voulut faire subir à six des plus notables Bourgeois de Calais, dont la Reine son épouse obtint la grace.

Le généreux dévouement de ces six illustres Citoyens qui s'offrirent d'eux-mêmes à la mort, a été mis en action par M. Buirette de Belloy, dans sa Tragédie du *Siege de Calais*, production heureuse, ouvrage immortel où est portée jusqu'à la conviction cette importante vérité, que l'amour de la Patrie est la plus noble des vertus, & doit en être la première, & cont. l'Auteur

ont escaladé les murailles; déjà ils font dans le sein de la ville. La fureur s'empare alors des Habitants. La honte de retomber fous une odieuse domination, & de périr peut-être par la main d'un bourreau (*a*),

a recueilli les fruits les plus précieux, les récompenses de son Souverain, les suffrages accumulés de toutes les Nations, & l'estime des Anglois même. Tout vrai François se reconnoît dans les caracteres qu'il a tracés, & y retrouve les sentiments de son cœur.

(*a*) En 1418, au Siege de Rouen, Henri V, Roi d'Angleterre avoit eu l'inhumanité de faire périr fous ses yeux, par la main des bourreaux, Alain Blanchard, Maire de cette ville, dont il eut dû respecter la bravoure.

irrite leur courage. Euſtache de Conflans, digne par ſa valeur de commander ces braves citoyens, marche à leur tête : on charge avec furie ; on force les aſſiégeants de reculer, de fuir en déſordre & d'abandonner une ville perdue plus rapidement qu'elle n'avoit été conquiſe, laiſſant la plupart des leurs morts ou priſonniers (*a*).

Honteux de leur défaite, ils ne furent pas long-temps à renouer la partie Animés de

_____

(*a*) Il ſe fait tous les ans, au mois d'Août, une proceſſion générale en action de grace de ce glorieux événement.

l'eſprit

l'efprit de vengeance, ils mar-
chent avec des forces plus for-
midables encore qu'auparavant droit à Châlons, réfolus
de ne lui faire aucun qnartier.
Déjà ils fe livrent à l'efpoir bar-
bare de la plus cruelle repré-
faille. On apprend qu'ils font
en campagne ; déjà ils étoient
à la portée de la ville. Le brave
Euftache met promptement
fous les armes toute la garni-
fon, rappelle à ces généreux
foldats leur premiere victoire,
leur en promet une feconde.
Sa valeur, fon intrépidité, fon
mépris pour la mort, fon en-

E

thousiasme pour son Roi ont
passé de son ame dans tous les
cœurs. Rien ne peut plus con-
tenir leur fougue impatiente :
toutes les garnisons voisines
viennent se joindre à eux sous
la conduite de Barbazan. Sortir
de la ville, voir l'ennemi ; fon-

1431. dre sur lui, l'attaquer, le ren-
verser, fut l'ouvrage d'un moment. Les Anglois ont encore
une fois la honte de fuir devant
nos braves Citoyens qui ren-
trent en triomphe dans leurs
murs, emmenant plus de cinq
cents prisonniers (a).

_____

(a) Cette victoire, l'une des plus

Il étoit de la deſtinée de la ville de Châlons, de ſoutenir juſqu'à la fin la fortune chancelante de Charles VII. Ce Prince veut aſſiéger Montèreau-Faut-Yonne : il ſe rend devant la Place ; mais dépourvu de troupes ſuffiſantes pour cette expédition, peut - être eût-il été forcé de l'abandonner. Châlons lui envoie offrir

---

complettes qui ait été remportée depuis le commencement de ce regne, ne leur coûta que 80 hommes. L'action ſe donna à une lieue de Châlons, près du village de la *Croiſette*, à préſent détruit, & où il ne reſte plus qu'une Croix appellée *Croiſette*.

du fecours : touché de ces marques d'un zele volontaire ; Charles l'accepte avec reconnoiffance. La Compagnie des *Arbalêtriers* , compofée des Bourgeois les plus qualifiés , vole fous les murs de Montereau. Sa préfence ranime l'ardeur des troupes prefque découragées : on fe difpute la gloire de prendre la Place ; heureufe émulation qui , en augmentant la valeur des affiégeants , femble en multiplier le nombre ! tout eft difpofé pour l'affaut général. Charles, impatient de fe fignaler , plan-

te lui-même une échelle, &
l'épée à la main parvient au
haut des murs à travers une
grêle de traits. Sous les yeux
d'un tel Prince, animés du feu
de ſes regards, tous nos Che-
valiers ſont autant de Héros. 143
La Place eſt emportée. C'eſt
alors que l'ame ſenſible de
Charles ſe livra aux mouvements de ſa reconnoiſſance. Il
daigna louer leur valeur, &
voulut, pour en éterniſer la
mémoire, qu'ils portaſſent une
fleur de lys dans leurs armes
avec cette deviſe : *Ne m'ou-*
bliez-mie : récompenſe bien

glorieufe pour des fujets fideles, de mériter les fuffrages d'un Souverain généreux.

Ce Monarque n'oublia jamais le fervice effentiel qu'il venoit de recevoir, & Châlons vit encore une fois combien il lui étoit tendrement attaché, lorfqu'au retour de fon expédition de Metz, il daigna s'y arrêter avec toute fa Cour. Pendant plufieurs jours on ne s'occupa que de fêtes & de tournois; réjouiffances qui furent malheureufement interrompues par la mort de la Dauphine, Princeffe accomplie, dont la paſſion pour les ſciences, portée juſqu'à l'enthouſiaſme, éclata ſi ſinguliérement dans l'hommage qu'elle leur rendit en la perſonne d'Alain Chartier (*a*), l'homme le plus inſtruit & le plus laid de ſon temps.

(*a*) Ce Sçavant célébre dormoit un jour profondément dans une ſalle du Louvre. Margueritte d'Ecoſſe en paſſant l'apperçut, s'approcha de lui doucement, & l'embraſſa ſur la bouche. » Ce » n'eſt point l'homme que j'ai baiſé, » dit la Princeſſe aux perſonnes de ſa » ſuite, mais la bouche qui a prononcé » tant d'oracles. « Nos mœurs modernes n'admettroient peut-être pas une familiarité ſi ſinguliere.

E iv

Le siècle suivant nous pré-
sente la même fidélité, la
même bravoure.

L'irréconciliable ennemi de
François I, Charles - Quint,
ayant inondé la Champagne
de ses troupes, s'avance jusques
sous les murs de Châlons. Il
se flatte qu'au seul bruit de
son nom, les habitants effrayés
accourront implorer sa clémen-
ce. La présence de l'armée ennemie ne fait qu'accroître leur
courage. Ils sont déterminés à
s'ensevelir sous les ruines de
leur Ville, plutôt que de reconnoître un maître étranger.

1548.

Charles-Quint eft inftruit de cette intrépide réfolution ; il favoit d'ailleurs de quoi ces braves gens étoient capables. Déjà l'on avoit rafé plufieurs places (*a*) qui auroient pu fervir de retranchements à l'ennemi. A la vue de tant de fermeté, il prit le parti de fe retirer, plutôt que de poufler à bout des habitants défefpé-

---

(*a*) On démolit l'Eglife de Saint Mémmie, qui étoit alors grande & bien bâtie. Elle étoit dans le village de ce nom qui tient prefqu'à la ville. On détruifit auffi l'Abbaye de Toufſaints qui étoit de l'autre côté, auffi hors de la ville.

rés, & de voir peut - être échouer sa fortune devant leurs remparts.

Nous voici arrivés à ces temps non moins malheureux que ceux que nous venons de parcourir, temps ou la discorde avoit secoué son flambeau sur toutes les parties du royaume. Les fureurs Religieuses, l'emportement du fanatisme ont entraîné, séduit presque tous les peuples. La Couronne chancele sur la tête du foible Henri III (*a*); il ne peut plus

_____

(a) *Valois regnoit encore & ses mains incertaines,*

tenir les rênes fanglantes de
l'Etat. Châlons, témoin de
toutes ces horreurs, n'en fera
pas complice. Ainfi au milieu
d'une mer orageufe les bords
efcarpés d'une ifle agréable la
défendent de la fureur des flots
& de la violence des tempêtes.
Dans cet abandon prefqu'uni-
verfel, cette ville demeure fi-
delle à fon Roi : fon zefe toujours actif, trouva bientôt
l'occafion d'éclater.

De l'État ébranlé, laiffoient flotter les
rênes.
Les Loix étoient fans force & les droits
confondus,
Ou plutôt en effet, Valois ne regnoit plus.

Une troupe de Ligueurs s'étoit retranchée au château de Pringy, d'où elle infeftoit tous les environs, mettoit à contribution les campagnes & dépouilloit les paffants. Irrités des déprédations qu'on ofe exercer prefque fous leurs murs, nos généreux habitants fe mettent en état de les réprimer. Ils fortent commandés par 1589. Thomaffin : fous un tel Capitaine, il n'eft rien qu'ils n'ofent tenter. Ils arrivent, préfentent le combat, chargent avec vigueur, mettent le défordre dans la troupe ennemie,

en font un horrible carnage,
& reviennent avec la douce
satisfaction d'avoir délivré le
pays de ces brigands.

Ce Prince instruit de ce
hardi coup de main, donna
bientôt à Châlons une marque
de son estime & de sa confiance, en le faisant servir
d'azile & de siege à une partie
de ce Sénat auguste, déposi-
taire des Loix constitutives de
l'Etat, qui venoit d'essuyer
toutes les fureurs de la faction
des Seize (*a*). Le séjour qu'il

―――――――――――――――――

(*a*) Tout le Parlement de Paris,
ayant à sa tête les Présidents de Harlay,

y fit, sera une époque à jamais mémorable de sa fermeté à soutenir les droits inaliénables de la Couronne.

Deux souverains Pontifes, attisant le feu de la discorde civile, fulminent contre le Roi de Navarre des Bulles (*a*) qui

───────────────

& de Thou, fut conduit à la Bastille.

Tout le Sénat enfin, par les seize en-
chaîné,

A travers un vil peuple, en triomphe est
mené

Dans cet affreux Château, Palais de la
vengeance,

Qui renferme souvent le crime & l'inno-
cence.

(*a*) L'une de ces bulles fut trouvée à Châlons dans une enveloppe cache-

déclarent la maison de Bourbon déchue de tous droits de succéder au trône, & osent convoquer les Etats pour élire un Roi. La ligue fait valoir ces injustes décrets, moins l'ouvrage de Rome que le sien. Vous frémissez d'indignation, intrépides défenseurs des Loix : vous proscrivez (*a*), vous li-

---

tée qu'on avoit jettée sous la porte du Doyen de la Cathédrale, qui la communiqua aux Gens du Roi du Parlement.

Elles furent brûlées l'une & l'autre, par la main du Bourreau, dans la place de Châlons.

(*a*) La politique se plaint ainsi dans

vrez aux flammes ces pieces
attentatoires à la Majesté des
Souverains, vous déclarez illé-
gitimes l'assemblée des Etats,

la Henriade, de la fermeté constante du
Parlement à soutenir nos libertés contre les prétentions de la Cour de Rome :

» *Je parlois, & soudain les Rois hu-*
miliés

» *Du trône, en frémissant, descendoient*
à mes pieds.

» *Du haut du Vatican, je lançois les*
tonnerres.

» *Cet heureux temps n'est plus : le Sénat*
de la France

» *Éteint, presqu'en mes mains, les fou-*
dres que je lance.

Chant IVe.

& vous défendez à tous François d'y affifter.

Valois n'eft plus, le trône
vacant par l'affaffinat de ce
malheureux Monarque, ap-
pelle le Roi de Navarre. La
révolte lui en ferme la barriere :
on difpute au meilleur des
Princes une Couronne que tous
les cœurs auroient dû s'em-
preffer à lui offrir : fes droits
font méconnus & conteftés.

Voici fans doute la plus
brillante époque de l'attachement de Châlons à fes Rois.

Tandis que la Capitale &
les villes les plus confidérables

F

du Royaume ne vouloient
point reconnoître la légitimité
incontestable de Henri IV;
tandis que dévouées au parti
rebelle, elles lui refusoient l'entrée de leurs murailles ; dans
ces temps déplorables, où la
fidelité même étoit factieuse,
ou l'obéissance sembloit être
un bienfait & non pas un devoir, où l'on ne voyoit que
des conspirateurs & presque
plus de sujets, où les plus perfi-
des complots étoient regardés
comme sacrés, parce qu'on les
couvroit du voile de la Reli-
gion ; au milieu de ces désaf-

tres, que faisiez-vous généreux
Citoyens ? Toujours inviola-
blement attachés à l'héritier lé-
gitime, vous invoquiez en sa faveur la fainteté des Loix ; vous
conjuriez le ciel de faire triom-
pher sa caufe, de confoler la
Patrie gémiffante , de rendre
au Roi fes Etats, à la France
fon Souverain, la France à elle-
même ; vous vous déclariez
hautement pour Henri , vous
le proclamiez Roi ; vous faifiez
mille vœux pour fa conferva-
tion, pour le fuccès de fes armes ; vous plaigniez vos malheureux Concitoyens qu'une

aveugle erreur entraînoit ſous des étendards étrangers ; vous fermiez courageuſement vos portes (*a*) à un de vos Evêques, que de fatales circonſtances avoient entraîné dans des démarches ſuſpectes (*b*).

Elle ne demeurera point ſans récompenſe cette héroï-

(*a*) On doit cette action de hardieſſe à l'intrépidité des trente-ſix Membres qui compoſoient alors le Corps de Ville ; ils ont tranſmis de ſiecle en ſiecle à leurs ſucceſſeurs, cet eſprit de fidélité qui les animoit.

(*b*) Il revenoit de Reims, où il avoit été tenir ſur les fonds de baptême un enfant du Duc de Guiſe.

que fermeté. Un grand Mo-
narque mérite qu'on l'admire ;
celui qui joint à cette grandeur
une ame sensible, mérite qu'on
l'aime. Henri voulut qu'un même monument immortalisât
l'attachement des sujets & la
reconnoissance du Souverain.
On frappa par ses ordres des
Médailles (*a*), où se voit l'ima-

(*a*) La Cour de la Monnoie de Paris
avoit été transférée à Châlons avec la
Chambre du Parlement, comme dans
une ville de confiance. Ce Prince or-
donna à Pierre Boucherat, Directeur
de la Monnoie, de faire frapper des
Médailles en or, en argent & en bronze,
sur lesquels on voit d'un côté le portrait

ge adorée de ce Monarque
bienfaifant, avec cette légende
honorable : *Catalaünenfis fi-*
dei monumentum ; monu-
ment précieux, où les derniers
defcendants de ces vertueux
Citoyens liront avec anthou-
fiafme, ce que fit pour leurs

---

de ce Prince avec ces mots: *Henricus IV,*
Dei gratiâ Franciæ & Navarræ Rex ; de
l'autre les attributs de la Monnoie. Au
bas du portrait de ce Prince, il y a en
chiffres un *H.* & un *D.* entrelaffés, qui
fignifient *Henricus dedit,* ce qui marque
que fon intention a été qu'on n'oubliât
jamais que c'étoit un préfent, une libé-
ralité particuliere de Henri.

On voit encore quelques-unes de ces
Médailles.

peres le Grand , l'aimable Henri IV.

Toujours les armes à la main , pour se resaisir d'un trône que lui disputoient la révolte & l'intrigue , il s'avance pour réduire Epernay. Châlons jouit alors du bonheur de le posséder dans son sein : qu'ils furent délicieux pour des Citoyens idolâtres du meilleur des Princes , ces moments si vivement sollicités ! L'on vit alors de quel amour , de quel attachement ils étoient capables. Enchantés de le voir , leurs transports vont jusqu'à

l'ivreſſe ; çe n'eſt dans toute
la ville qu'acclamations , que
cris de joie. Vous euſſiez dit
un pere qui , après une longue
abſence , rentroit dans le ſein
de ſa famille. Ils ſemblent avoir
oublié leurs calamités paſſées ;
Henri leur tient lieu de tout.
Il goûte lui - même le plaiſir
pur & touchant de régner ſur
des ſujets fideles , qui ne ſe
croient heureux que par ſes
proſpérités. Sont-ils obligés de
s'en ſéparer ? Ils font pour lui
les derniers efforts ; non con-
tents de fournir des vivres à
ſon armée , & de la pourvoir
abondamment

abondamment des chofes né-
ceffaires pour le fiege , ils prê-
tent au bon Roi des fommes
confidérables.

Ils ne fe démentirent donc jamais ces fentiments généreux ;
& l'on défie de produire dans
les faftes de la Monarchie une
feule époque qui ait été fouillée
par quelqu'acte de révolte ou
de félonie de leur part ?

Lorfque tous les monuments
atteftent que Châlons fut toujours fidele à fes Rois , lorfque
tout dépofe qu'il fut dans tous
les temps animé du zele le plus
pur pour la défenfe de fes lé-

gitimes souverains, lorsqu'une
foule d'actes authentiques, de
lettres de Charles VII , de
Henri III & de Henri IV ,
conservées précieusement dans
ses archives , lui assurent une
gloire dont rien ne peut ternir
l'éclat ; par quelle fatale pré-
vention un Historien (a) d'ailleurs estimable , ose-t-il , sans
preuves & sans titres , le pla-
cer parmi les villes coupables

(a) Péréfixe, Précepteur de Louis XIV,
Archevêque de Paris, avoit avancé cette
erreur sans fondement dans son Histoire
de Henri IV ; sur les preuves incon-
testables du contraire, il avoit promis
de se rétracter ; mais la mort le prévint.

qui embrafferent le parti de la
Ligue ? L'impartiale vérité ré-
clamera toujours contre une
injuftice auffi notoire, & cette
imputation alléguée témérairement, démentie par les titres les plus certains, n'em-
pêchera jamais que Châlons
ne foit compté dans le petit
nombre des villes, dont rien
n'a pu en aucun temps ébran-
ler la fidélité.

Si cette légere efquiffe nous
montre dans les temps les plus
critiques des fujets dévoués à la
Patrie & aux auguftes Princes
qui l'ont gouvernée, toujours

prêts à ſacrifier pour eux leurs biens & leurs vies, elle nous préſente auſſi des Souverains ſenſibles & reconnoiſſans, donnant un libre cours aux mouvements naturels de leur bienfaiſance ; heureuſe harmonie, concorde ineſtimable qui concilie l'obéiſſance & l'autorité par des liens ſacrés que l'amour, le zele & le reſpect ont tiſſus, qui affermit le ſceptre dans la main du Monarque, & qui aſſure aux peuples une félicité conſtante! C'eſt ce concours, ce rapport mutuel d'obligations reſpectives qui caractérife particuliérement la conftitution de notre gouvernement. A la vue de ces exemples illuftres de l'attachement inviolable des fujets & de la fenfibilité généreufe des Souverains, qui ne fentiroit avec plaifir le bonheur d'être né dans un Etat où l'amour feul conduit le devoir, & fous un Prince, dont le premier titre eft celui de Pere de fes fujets.

Nous n'avons pas à produire fous les regnes qui fuivent, des traits auffi frappants d'amour & de tendreffe. Les temps étoient changés. Les mê-

mes circonstances auroient ré-
veillé la même ardeur dans
ces généreux habitants, & les
auroient élevés au même hé-
roïsme. Nos Rois en étoient
convaincus, eux qui ont daigné
confirmer tous les privileges(*a*)
& les marques d'honneur dont
ils avoient été comblés par
leurs prédécesseurs. Avec quel
enthousiasme on les a toujours vu s'intéresser aux fêtes

_____

(*a*) En 1624 Louis XIII, en 1654
Louis XIV, & en 1718 Louis XV ont
maintenu & conservé par leurs Lettres
patentes tous les priviléges accordés
aux Bourgeois de cette ville, & les ont
même augmenté.

de la Nation ! A quels excès
de joie ils fe livrerent, lorfqu'ils virent célébrer au milieu
d'eux ces glorieux hymens (*a*),
dont le trône attendoit des
héritiers ou des foutiens ! Qui
ne fe rappelle encore avec at-
tendriffement tout ce qu'ils ont

(*a*) Le 21 Novembre 1671, on célébra à Châlons le mariage de Gafton,
Duc d'Orléans, Frere unique de Louis
XIV, avec la Princeffe Charlotte, fille
de Charles Louis, Électeur Palatin, dont
naquit le Duc d'Orléans, Régent fous
Louis XV.

Et le 7 Mars 1680, on célébra dans
la même Ville celui de Monfeigneur
le Grand Dauphin, avec Marie-Anne
Victoire de Baviere.

G iv

fait sous le regne du plus aimé
des Rois, lorsque la plus auguste alliance mettoit le comble aux vœux des François !
Déjà sur les débris d'une de
leurs portes s'éleve dans les
nues un pompeux arc de triomphe ; déjà l'éloquent ciseau y
a gravé les attributs des deux
Puissances, & le sujet de ce
glorieux événement. Heureux
emblêmes qui retraceront aux
yeux de la postérité les vifs
transports que leur causa l'arrivée du cher objet de l'amour
& des espérances de la Nation.
Illustre ARCHIDUCHESSE, VOUS

daignâtes fourire aux efforts brillants de leur amour : vous admirâtes les magnifiques démonftrations de leur tendreffe, & ce qu'ils firent pour vous préparer une entrée digne de vous : vous fûtes fur-tout fenfible à l'allégreffe publique ; cette expreffion touchante, fans laquelle les fêtes les plus pompeufes ne brillent que d'un éclat emprunté.

Les miracles ne coûtent rien quand on aime avec paffion. La Nature vaincue par l'art, parut changer de face pour embellir encore cet augufte monument. Ces dehors, auparavant si informes, sont devenus un lieu enchanté, où, libres de leurs occupations, les citoyens viennent se délasser délicieusement, en contemplant ce trophée que leur amour a élevé à la Patrie.

Il manqueroit quelque chose à l'hommage que je consacre à la ville de Châlons, si je ne faisois mention des Savans utiles à l'Etat qu'elle a vu naître dans son sein. Les sciences contribuent sans doute à la gloire d'un Empire, & ces hommes laborieux dévoués

aux arts pacifiques, qui les cul-
tivent aux dépens de leur repos
& de leurs plaifirs, n'ont pas
moins de droit à la reconnoiffance de la Patrie, que les
Guerriers qui prodiguent pour
elle leurs fueurs & leur fang.

Cette ville fe glorifiera toujours d'avoir donné à l'Etat
un Claude d'Epenfe (*a*), ce 157c

(*a*) Le Cardinal de Lorraine l'employa
dans toutes les affaires eccléfiaftiques
dont il fut chargé. Il affifta, par ordre
de Charles IX, à la conférence de Me-
lun, aux États d'Orléans & au Collo-
que de Poiffy. Il fut Recteur de l'Uni-
verfité de Paris. Tous fes ouvrages font
écrits avec une dignité qui n'ôte rien

profond & judicieux Théolo-
gien , dont les lumieres lui
mériterent l'eſtime du Cardinal de Lorraine , la confiance
de ſon Souverain & les ſuffrages du Pape Paul IV , qui avoit
réſolu de le décorer de la Pour-

1615. pre. Un Nicolas (*a*) de Châ-

à la grandeur des ſujets qu'il traite. On
voit ſa ſtatue dans l'Égliſe de S. Côme
à Paris, où il mourut de chagrin de
voir que rien ne pouvoit arrêter les
progrès d'une erreur, dont les effets
furent ſi funeſtes à l'État & à la Reli-
gion.

(*a*) Seigneur de Contaut , fameux Ingénieur ſous les regnes de Henry IV
& de Louis XIII; il fit bâtir *la Place
Royale* & le *Pont-neuf*, dont il avoit
donné les deſſins.

tillon, l'un des plus habiles Ingénieurs de son siecle, à qui la Capitale doit deux de ses plus beaux monuments. Un Blondel (*a*), ce prodige de 1650. mémoire & de connoissances civiles & ecclésiastiques. Un Perrot (*b*) d'Ablancourt, à 1660

(*a*) Sa mémoire étoit si prodigieuse, qu'il parloit continuellement, & le faisoit sans hésiter & sans se tromper ni sur les faits ni sur les dates, ensorte qu'il paroissoit réciter plutôt que parler sans préparation. Saumaise le redoutoit tant, qu'il l'appelloit son fléau, & évitoit autant qu'il pouvoit de se rencontrer avec lui.

(*b*) Il savoit les plus belles Langues anciennes & modernes, étoit très-versé

qui ſon rare génie & ſes traductions tout à fait originales,

---

dans la Philoſophie , la Théologie ,
l'Hiſtoire & la Littérature : capable
d'écrire avec ſuccès & dans pluſieurs
genres , il préféra la traduction. Quand
on lui en demandoit la raiſon , il
répondoit ; que pour bien ſervir ſa
Patrie , il valoit mieux traduire les bons
livres anciens que d'en faire de nouveaux qui , le plus ſouvent , ne diſoient
rien de nouveau. Ses traductions , peut-
être trop hardies , s'éloignent quelquefois du texte, ce qui les a fait nommer
les *Belles Infidelles*. Les charmes de ſa
converſation ont fait dire à Péliſſon ,
qu'il eût été à ſouhaiter qu'un Greffier
y eût toujours été préſent pour écrire
ce qu'il diſoit. M. de Colbert l'avoit jugé
digne d'écrire l'hiſtoire de Louis XIV.

On pourroit encore mettre au nom-

pleines de forces & de graces,
ont mérité l'un des premiers
rangs parmi les beaux efprits
du fiecle dernier.

Une voix foible & incon-
nue s'eft fait entendre. Aimables & vertueux CITOYENS,
agréez l'encens que le patrio-
tifme vient de brûler fur l'au-
tel de la vertu. J'ai jetté un
coup d'œil rapide fur vos an-

---

bre de ces Citoyens utiles à l'État,
Martin Akakia, Médecin de Louis XIII,
dont le pere, auffi natif de Châlons,
l'avoit été de François Ier. Ils font l'un
& l'autre enterrés dans l'Églife de Saint
Germain l'Auxerrois à Paris, où l'on
voit leurs maufolées.

nales, & dans cette multitude de traits épars qui attendent un Hiftorien, j'ai recueilli les plus propres à conferver les veftiges de ce feu facré dont vos peres ont brûlé. En m'occupant des titres de votre grandeur, j'afpirois à l'avantage de bien mériter de la Patrie. Que manque-t-il à votre gloire? Un éloge digne de vous: il le feroit, fi le zele & l'admiration avoient pu fuppléer aux talens.

F I N.

Permis d'imprimer & diftribuer, à Châlons, ce 10 Novembre 1772.

Signé, DELAFOURNIERE.

www.ingramcontent.com/pod-product-compliance
Lightning Source LLC
Chambersburg PA
CBHW060455260626
47161CB00005B/2108